GEORGE RICHARD

LES
AVOCATS DU MARIAGE

COMÉDIE EN UN ACTE

Troisième Édition

LES

AVOCATS DU MARIAGE

GEORGE RICHARD

LES
AVOCATS DU MARIAGE

COMÉDIE EN UN ACTE

Représentée pour la première fois, à Bruxelles,
le 28 mars 1856

Troisième Édition

HISTOIRE DE MA PIÈCE

AVANT-PROPOS

BORDEAUX

TYPOGRAPHIE AUG. LAVERTUJON, 7, RUE DE GRASSI

1867

HISTOIRE

DE MA PIÈCE

SOMMAIRE

Au moment de publier la troisième Édition des *Avocats du Mariage,* l'idée me vient de raconter, en guise de préface, mes tribulations à l'endroit de cette pauvre petite pièce.

Elle est condamnée, depuis dix années, à se traîner sur des scènes provinciales, quels que soient les efforts tentés par des âmes généreuses pour la transporter sur un théâtre parisien, et lui fournir ainsi le baptême sans lequel il n'est pas de renommée possible.

Je me hâte de le dire : les publics de Marseille, de Rouen, du Havre, de Bordeaux, de

Bruxelles, voire même le parterre cosmopolite de Constantinople et d'Alexandrie, d'Égypte, ont salué de généreux applaudissements la venue de mon cher petit enfant; mais rien ne peut effacer le souvenir des rigueurs de quelques *impresarii* parisiens, dont je veux dire un peu les façons d'agir.

Je joue gros jeu, probablement, en m'attaquant à des hommes considérables en matière théâtrale, car je suis comédien avant tout, et peut-être serait-il prudent de ne pas blesser des gens dont je puis avoir besoin plus tard; mais mon cœur est gros d'amertume, et je ne puis résister au besoin de dire la vérité.

Il y a longtemps déjà — je n'ai pas la mémoire des dates — Mme Viardot, l'éminente artiste que Paris laissa partir et que l'Allemagne sait retenir, eut l'aimable pensée de me recommander à M. Montigny, directeur du Gymnase. Reçu par celui-ci avec une grâce parfaite, je glissai mon manuscrit, qui fut immédiatement lu et refusé, mais refusé avec courtoisie.

« La pièce est gentille, vous y prouvez de sérieuses qualités de style et de dialogue; mais la donnée est mince, vous pouvez faire mieux. Faites mieux, et nous nous reverrons. »

Voici quelle fut à peu près la réponse de M. Montigny. Si je ne garantis pas la forme, j'affirme le fond.

Je fus un peu chagrin de ce résultat, mais enfin le refus était des plus polis. J'ajouterai même qu'il était encourageant, autant qu'un refus peut l'être.

Deux ans plus tard, j'étais dans le cabinet de M. Harel, alors directeur des Folies-Dramatiques. Pour la seconde fois je remportais mon manuscrit.

« Votre pièce est adorable, me dit M. Harel ; ce serait un meurtre d'abandonner cela aux Folies. Croyez-moi, portez votre manuscrit à la Comédie-Française. »

Je regardai par deux fois mon interlocuteur bien en face. Je croyais à une plaisanterie.

« Soyez persuadé que je vous rends service en vous refusant, » ajouta-t-il.

Je partis, pleurant presque d'un œil, riant un peu de l'autre, de ma glorieuse déconfiture.

En sortant, j'aperçus sur le boulevard, attablés devant le café du Cirque, trois littérateurs bien connus : Amédée de Jallais, Dunan-Mousseux et Henry Thiéry.

« Ah! me dis-je avec un soupir, ils sont heureux; on ne les renvoie pas à la Comédie-Française, ceux-là! »

J'étais las de Paris; je retournai en province, et les *Avocats du Mariage* avec moi.

Un jour, je reçus une lettre de mon père. « J'ai causé dernièrement à mon bureau, — m'écrivait-il, — avec Régnier, de la Comédie-Française. Je lui ai parlé de ta pièce; il a manifesté le désir de la lire. Hier, il est revenu me voir et m'a dit : « La pièce de votre fils » vaut certainement bien des œuvres jouées à » notre théâtre. Si vous y consentez, je me » charge de la présenter moi-même. » Ainsi donc, mon cher enfant, ne sois pas surpris si bientôt tu reçois un bulletin de lecture. »

En effet, quelque temps après, la bienheureuse lettre arrivait.

J'accourus à Paris. Ce jour-là, l'express marchait comme l'omnibus de la Madeleine. Le train arriva néanmoins à l'heure réglementaire, ce qui m'étonna.

J'avais mis mon habit le plus noir, ma cravate la plus blanche; je sautai dans un fiacre, en criant au cocher, de façon à être entendu au bout de la rue : « A la Comédie-Française ! »

Pendant le trajet, que de rues barrées, que d'embarras de voitures !

« Je serai en retard ! » me disais-je.

Enfin, j'arrive rue Richelieu.

« Que demandez-vous ? me crie une femme mûre et grassouillette.

— Je suis attendu; je lis aujourd'hui une pièce au Comité.

— Vous arrivez maintenant?

— Je suis en retard, n'est-ce pas?

— En retard? il est neuf heures du matin !

— Neuf heures ! Pas possible !

— Regardez à votre montre.

— Ma montre ! Je ne l'ai pas... sur moi.

— Eh bien ! c'est pour deux heures. »

Que faire jusqu'à deux heures ? Eh ! pardieu ! c'était l'occasion ou jamais de faire voir aux populations un homme qui allait lire à la Comédie-Française.

Et je gagnai pédestrement les boulevards.

Arrivé au café des Variétés, je hèle le garçon.

« Garçon ! une demi-tasse en attendant deux heures.

— Monsieur a affaire à deux heures ?

— Oui, j'ai lecture à la Comédie-Française, fis-je négligemment.

— Alors, vous avez le temps... Tenez, voilà pour vous donner du ton. »

Et il me versa un supplément de bain de pied.

« Il est familier, ce tablier frisé ! pensai-je. Mais, bah ! je veux être plein d'indulgence aujourd'hui. »

Un ami vint à passer. Il avisa ma tenue funèbre.

« Eh ! mon cher ! êtes-vous de noce ou d'enterrement ?

— Mauvais plaisant ! Vous ne voyez donc pas que j'ai lecture à la Comédie-Française aujourd'hui ?

— Mon compliment... Bonne chance. Tiens ! vous en êtes au café ? J'allais vous prier de déjeuner avec moi.

— Vous m'y faites penser... Je croyais avoir déjeuné. »

Mon ami éclata de rire.

« C'est votre première pièce? me dit-il.

— Oui.

— Ça se voit. »

Après déjeuner, nous allâmes, mon ami et moi, au café de Madrid. J'avais choisi cet établissement parce qu'il est en général fréquenté par des gens de lettres, et que je pouvais trouver là l'occasion d'ébaucher des relations avec les princes de la critique.

Chemin faisant, j'aperçus Dumas fils. Je le saluai familièrement de la main. Dumas me regarda d'un air ébahi et passa sans toucher son chapeau.

« Pauvre garçon! dis-je à mon ami; il ne manque pourtant pas de talent... Eh bien! il ne peut pas arriver à la Comédie-Française! »

L'heure approchait. J'avais eu le temps, non de calmer mes impatiences, mais de me composer une contenance.

Je me rendis à pas comptés au théâtre. — Cette fois, j'avais presque l'intention d'être en retard. Je gagnai majestueusement l'antichambre, occupée par MM. les garçons de bureau, et je tendis à l'un d'eux ma lettre de convocation. Ce fonctionnaire, avec des façons de bouledogue apprivoisé, m'introduisit dans un petit salon, et j'attendis.

Par la porte laissée ouverte, je fus aperçu par Étienne Arago, qui se rendait au secrétariat. L'excellent homme, informé par mon père que je jouais une grosse partie ce jour-là, venait me recommander à la bienveillance des terribles Sociétaires. Il me serra silencieusement la main, et je ne le revis plus.

Enfin, le même garçon renfrogné vint m'extraire du salon cellulaire dont j'avais déjà fait trente fois le tour, et me conduisit dans une autre pièce meublée comme un salon de bon bourgeois. — « Attendez! » me dit-il avec un accent sépulcral. Puis il m'enferma.

Resté seul, je jetai les yeux autour de moi. Sur la table, au milieu de la salle, était une petite urne en fer-blanc, et, à côté, une sébile remplie de billes grises et blanches. Un léger frisson me courut dans le dos.

Je fis immédiatement cette réflexion, qu'il serait peut-être de meilleur goût de mettre prosaïquement dans l'armoire du coin ce petit appareil de tortures, afin d'épargner au patient la vue de la grotesque casserole dans laquelle son sort va se fricoter.

J'entends des pas pressés; la porte s'ouvre, et le défilé de mes juges commence. Une feuille de présence est sur la table, près de la marmite au vote. Chacun vient signer.

C'est d'abord Régnier, avec son air de bonhomie qui cache une astuce profonde. Puis, Delaunay, enjoué, bon enfant, avec son teint coloré et son petit nez pointu et de travers. Le père Provost, tout de noir habillé, cravaté de blanc comme un notaire de campagne. Monrose, avec ces formes avenantes et sympathiques que nous lui connaissons; c'est de lui que Madeleine Brohan me disait : « En voilà un qui se prépare un bel enterrement! »

Puis, vinrent successivement Geffroy et sa figure bourgeoisement honnête; Beauvallet, un dogue grêlé; le colossal Maubant; puis, tout à fait le dernier, Talbot, ce pauvre Talbot, qui, après avoir tremblé sa signature sous l'œil de ses chefs de file, alla modestement se tapir dans un coin du canapé, au bas bout de la salle, comme un homme qui ne croit pas encore à son bonheur.

Enfin, paraît M. Édouard Thierry : précieux, onctueux, souriant, s'appliquant à donner à sa voix des résonnances éoliennes, il avance, enveloppé d'un nimbe de grâce et d'*affectuo-sité;* en marchant, il glisse perpétuellement le pied droit en avant, légèrement courbé, la tête penchée, les coudes au corps et les mains réunies en un lent et moelleux frottement; quoi qu'il fasse, M. Édouard Thierry salue toujours, et... reconduit toujours. Mon Dieu! que cet homme est donc aimable et harmonieux! C'est de la guimauve officielle.

« Monsieur l'auteur, me dit-il, avec son timbre archangélique, nous sommes à vos ordres.»

J'allais donc lire mes chers *Avocats* devant les premiers comédiens du monde. Puisque la Comédie-Française est la première scène du monde, si j'en crois ceux qui l'habitent, il faut de toute nécessité que MM. les Sociétaires soient les premiers comédiens du monde.

Puisque je tiens les Sociétaires, je ne veux pas les lâcher encore. Un comédien qui, comme moi, aime et respecte son art, peut être bon juge des mérites de ses pairs.

Je ne suis qu'un provincial ; mais la province est quelquefois de taille à juger la grande ville.

Donc, les premiers comédiens du monde sont : Talbot, Maubant, Monrose, Provost fils, etc., etc.

Au moment où l'Exposition universelle attire à Paris d'innombrables étrangers, curieux de scruter la valeur vraie de nos gloires nationales, il n'est pas hors de propos d'examiner si toutes pourront supporter victorieusement l'analyse.

Eh bien ! je me demande quelle opinion les *nobles étrangers* qui visiteront la Maison de Molière, emporteront du niveau de l'art dramatique en France, s'ils jugent les soldats d'après les maréchaux.

Je cherche vainement dans les rangs des premiers comédiens du monde un artiste vraiment digne de ce nom, un homme qui ait la valeur tragique de Frédérick ou la verve comique de Potier. Je vois de bons bourgeois jouant honnêtement des chefs-d'œuvre, mais je ne rencontre jamais chez eux l'éclair qui illumine la scène, l'élan passionné qui fait frissonner la salle, le trait satirique lancé de façon à trouer comme d'une vrille la cervelle de l'auditeur. Ces gens-là jouent propre, et rien que propre. On reconnaît le travail, le soin, l'école; mais le génie qui s'impose, jamais : c'est un petit peloton de pions de collége qui fait timidement sa leçon devant le parterre.

On me dira : « Il y a de belles exceptions. » — Certes, oui; mais ce sont précisément des exceptions, et c'est ce dont je me plains.

Un seul acteur, à la Comédie-Française, a de la passion : c'est Lafontaine. « Mais il est incorrect, » disent les maîtres de l'école; et ils le méprisent profondément. — Prenez-y garde, Messieurs, il vous jouera peut-être quelque bon tour.

A mon sens, l'homme le plus complet de la maison, c'est Delaunay. Mais il est au second plan.

Bressant est un comédien de bonne tenue, d'un mérite suffisant, consciencieux; mais il manque de nerf et d'*éclairage*.

Voilà pour le côté sérieux. Si, passé cela, vous me trouvez un *sujet,* je serai bien aise de le connaître.

Aux comiques, maintenant.

Régnier, professeur des professeurs, homme bien habile! si habile qu'il a su se fabriquer un talent.

Samson a pris sa retraite, à l'ombre de sa croix d'honneur. C'est fâcheux — mais il fallait faire place aux jeunes...?

Coquelin, c'est tout bêtement l'avenir de la maison.

Got, j'allais en dire tout le bien que j'en pense; mais c'est un réfractaire, un turbulent, un affreux fantaisiste que ses collègues repoussent comme un hôte dangereux.

Moi, je voudrais travailler avec lui : c'est le seul qui pourrait m'apprendre quelque chose.

Les autres, vous les connaissez. Provost père est mort : il laisse un vaste trou. Beaucoup y passeront : mais qui le bouchera?

Quant aux femmes, les deux Brohan, une surtout, Augustine, est, avec Fargueil, la première comédienne connue.

Après cela... je cherche...

Mme Victoria Lafontaine, malgré son grand talent, n'est pas à sa place : c'est une violette perdue dans la plaine Saint-Denis.

Favard a quelques bons rôles. Mais c'est bien précieux.

Cependant, elle s'est révélée dans le *Fils de Giboyer*, et surtout dans le *Gendre de M. Poirier*.

Mme Plessy — une tourterelle mélangée de chatte, faisant *rron rron* ou *rou rou*. C'est peut-être joli. On me l'affirme, je veux le croire.

Mais je n'aime pas les tourterelles; c'est monotone.

Voilà donc les premiers comédiens et les premières comédiennes du monde.

C'est assez maigre, comme on peut voir.

Il y avait bien — de par les théâtres — des comédiens qui auraient fait assez bonne figure devant la rampe de la maison de Molière : Frédérick Lemaître, Arnal, Lafont, Geoffroy, Mmes Fargueil, Rose Chéri, Delaporte, etc., etc. Mais c'étaient de grands artistes tout faits, et la Comédie-Française veut élever elle-même à la brochette les sujets qu'elle absorbera plus tard.

Il y a une corrélation frappante entre les façons de procéder de la Comédie-Française et celles de l'Académie, — également française.

Ces deux vieilles pimbêches se recrutent de la même manière.

A l'Académie, on n'accueille, en général, que les écrivains en velours d'Utrecht. — Au Théâtre-Français, il faut que les comédiens aient des bouts de manches en lustrine et un bonnet de soie noire.

J'ai dit tantôt que les Sociétaires du Théâtre-Français étaient nos maréchaux — à nous comédiens simples soldats — et je me suis toujours demandé pourquoi ce grade était si souvent donné à l'ancienneté, et si rarement au choix, c'est à dire au talent.

Moi, je voudrais que le Sociétariat fût conquis en concours public, ainsi que cela se passe pour les postes éminents dans nos Facultés.

L'idée n'est pas impossible d'exécution, et, comme elle est des plus logiques, qu'elle couperait court à toutes les réclamations, récriminations ou plaintes, il serait louable et utile d'en essayer la mise en pratique.

Ce serait d'ailleurs un beau spectacle, que ce tournoi dans lequel des acteurs d'élite, déjà désignés à l'opinion, viendraient au feu de la rampe, sous l'œil de deux mille spectateurs attentifs, des princes de la critique, des lettres, des arts, disputer à la pointe du talent cette dignité si enviée et souvent trop mal portée.

Soyez certains que ce public-là ne se trompera pas, et acclamera le plus méritant, sans égard pour les coteries, les recommandations ou le favoritisme.

Qu'on réfléchisse à ma proposition, qui semble une utopie, une folie même : elle ne manque pas d'un certain grandiose.

Que le ministre des beaux-arts décrète demain qu'un concours public est ouvert pour une place de Sociétaire. Je connais quelqu'un qui s'inscrira par dépêche télégraphique.

On me dira que si notre première scène est pauvre en sujets éminents, les théâtres étrangers du même ordre ne sont guère plus riches que nous.

Il faudra d'abord rendre hommage aux Italiens, qui sont, eux, bien dotés et bien fournis; peut-être même à l'Allemagne, qui possède des comédiens hors ligne.

Mais, dans tous les cas, la raison ne serait pas suffisante; car *noblesse oblige,* ou, pour mieux dire, *prétention oblige*. Or, nous avons en France, avec cette modestie inhérente à notre caractère, la prétention d'être les premiers en tout.

Oui, certes, notre littérature est la plus répandue, la plus imitée, la plus *empruntée* de toutes, et par là, peut-être, nous sommes au premier rang. Mais, alors, raison de plus pour que les acteurs français soient à la hauteur de ces œuvres immortelles.

Voilà ce qui n'est pas; voilà ce que je déplore; voilà ce que vont constater nos rivaux ou nos envieux.

Voilà le résultat du népotisme, de l'esprit de coterie, du favoritisme, et surtout de la déplorable organisation de la Comédie-Française.

Un autre reproche à MM. les Sociétaires. — Pourquoi les femmes ne font-elles plus partie du Comité de lecture? Mars y figurait autrefois; les comédiennes d'aujourd'hui ont-elles démérité?

Je reviens à ma lecture. Je lus donc au milieu d'un profond silence. Toutes les figures

étaient devenues rébarbatives. On sentait bien
là des gens qui disaient *in petto* : « Quelle cor-
vée ! » Édouard Thierry, seul, souriait perpétuellement : il doit sourire en dormant. Sans
lui, je me serais figuré prononcer un discours
sur la tombe d'un indifférent.

Au beau milieu de la lecture, la porte s'ouvre avec fracas ; mes auditeurs se réveillent...
C'est Samson, le petit père Samson qui arrive.
Il est en retard, par hasard ; il gagne un fauteuil, s'étudiant à marcher sans bruit ; mais il
a justement des souliers qui grincent affreuse-
ment sur le parquet. C'est fait pour moi, ces
choses-là.

« Faut-il recommencer ? » dis-je avec intention.

Mes juges font un geste d'effroi. Provost
regarde sa montre.

« C'est inutile, » dit Samson.

Je prévoyais la réponse. Je continuai.

Lorsque ce fut fini, tous se levèrent simul-
tanément, comme sous la détente d'un ressort
unique. J'étais encore assis.

M. Édouard Thierry vint à moi : « Si vous
voulez me suivre, Monsieur ? »

Troisième incarcération dans un troisième salon. Ils doivent payer cher de loyer, MM. les Sociétaires.

« Dans un instant, je reviens, » me dit l'administrateur. Et la porte retomba.

J'entendis le cliquetis des billes dans la cafetière au scrutin, des voix confuses, puis le bruit des pas qui s'éteignait dans la profondeur des couloirs.

M. Édouard Thierry revint ; il fit une glissade, me salua, et s'assit en face de moi en roulant ses mains l'une dans l'autre.

« Monsieur, me dit-il, je vous apporte les félicitations du Comité ; il a déclaré que votre plume était une de celles appelées à fournir leur contingent au répertoire de la Comédie-Française. »

Instinctivement, je cherchai autour de moi une colonne pour monter dessus. Un peu plus, j'aurais pris l'urne en fer-blanc pour m'en faire un piédestal.

« Mais... ajouta mon interlocuteur, avec un adorable sourire... — Je pâlis ! — mais... ces messieurs ont jugé qu'il n'y avait pas lieu de recevoir votre pièce. »

Je pris mon chapeau, et partis sans mot dire, ahuri, hébété, ouvrant les portes au rebours, me cognant aux meubles.

Le lendemain, j'étais de retour dans ma province, plaint par les uns, raillé par le plus grand nombre, meurtri, humilié, et surtout découragé pour longtemps.

J'arrive à la partie vraiment écœurante de mon odyssée. Il y a quatre ou cinq ans, je crois, j'étais au Havre; je venais de jouer ma pièce. A ma sortie du théâtre, on me remet une carte de visite; j'y lus ce nom : CARPENTIER, *inspecteur des théâtres;* et plus bas, au crayon, ces mots : « Demain, à votre théâtre, à dix heures. »

Je fus exact.

« Monsieur, me dit mon visiteur, que je voyais pour la première fois, je suis inspecteur des théâtres au ministère d'État, et toutes les pièces jouées à Paris me passent sous les yeux. Comment se fait-il que la vôtre me soit inconnue?

— Par la bonne raison qu'elle n'a jamais été jouée à Paris.

— C'est incroyable! cela devrait être au répertoire du Gymnase ou du Théâtre-Français.

— J'ai précisément été refusé dans ces deux maisons.

— Je n'y comprends rien! Voulez-vous me confier votre brochure? J'ai quelques raisons de croire que les directeurs du Vaudeville tiennent à m'être agréables, je leur porterai votre pièce. Je serais heureux de pouvoir, à votre profit, réparer une injustice. »

Je remerciai chaudement M. Carpentier.

Dans l'intervalle, il m'était arrivé une singulière aventure. Alexandre Dumas, le père, arrivait au Havre, venant de Naples. Il s'était constitué, à cette époque, le protecteur de toutes les Sociétés de sauvetage de la nouvelle Italie. Non content d'avoir *fait* la révolution napolitaine, il voulait doter les *lazzaroni* d'un engin sauveteur, et venait chercher au Havre le bateau insubmersible de l'inventeur Moüe. Pour acquérir sans bourse délier ledit bateau, il organisa à notre théâtre une représentation, dont le produit devait payer la barque-providence. Ma pièce fut choisie pour figurer dans le programme de la soirée. Le rideau tombé sur les *Avocats*, je regagnais tranquillement mon domicile, lorsque j'aperçus, roulant dans l'escalier du théâtre, un gros corps crépu, qui soufflait comme un phoque en détresse : c'était Dumas.

« Sacrebleu! dit-il, on ne se reconnaît pas ici.

— Que cherchez-vous, monsieur Dumas! lui dis-je.

— Je cherche l'auteur de la pièce que l'on vient de jouer.

— C'est moi.

— Vous?... Arrivez alors. »

Je le suivis. Il m'entraîna dans la salle. Chemin faisant, il me fit force compliments. Nous arrivâmes dans sa loge, où se trouvait déjà M. de La Landelle. Alors, devant un millier de spectateurs, Dumas me pressa sur sa vaste poitrine, cuirassée d'un gilet blanc. Toute la salle applaudit. C'est probablement ce que voulait Dumas; mais, tout en lui sachant fort bon gré de cette embrassade confraternelle, il me sembla qu'il aurait pu tout aussi bien me la donner dans le couloir.

Le Vaudeville était alors gouverné par Duponchel, Dormeuil et Benou. Duponchel se trouvait être de longue date l'obligé de mon père, qui lui avait rendu nombre de bons offices à l'Opéra, alors que ce même Duponchel présidait aux destinées de l'Académie royale de musique. Je crus pouvoir me servir de cette recommandation ; et mon père, qui dans toutes ces affaires avait lutté presque autant que moi, reçut de son ancien ami les protestations les plus rassurantes.

Or, voici à quoi aboutirent, et cet appui si généreux, si désintéressé de M. Carpentier, et les *promesses* de Duponchel.

On m'appela à Paris pour causer avec les Triumvirs. Je fus reçu par un seul, Benou.

« Monsieur, me dit celui-ci avec la rudesse d'un marchand d'habits qui achète une défro-que avariée ; Monsieur, vous êtes jeune encore, vous n'avez jamais été joué à Paris, et vous devez tenir à arriver, à quelque prix que ce soit.

— Comment ! à quelque prix que ce soit ?

— Oui. Écoutez-moi. Nous acceptons votre pièce ; non seulement celle-là, mais une se-conde : *Pommes mûres et Femmes vertes*, dont monsieur votre père nous a remis un exemplaire.

— Toutes deux nous conviennent ; nous allons les mettre immédiatement à l'étude. Mais vous allez me signer entre les mains de Duhart, mon chef de claque, — car je ne puis paraître dans cette affaire, — un abandon de vos droits d'auteur sur les deux pièces en question.

— C'est un guet-apens !

— Vous n'entendez rien aux affaires, me dit Benou sans s'émouvoir. Voulez-vous être joué ?

— Certainement.

— Eh bien ! passez-en par là... D'ailleurs, vous ne perdez pas tout : je vous laisse vos billets d'auteur, qui vous feront encore quelques sous. »

On comprend mon indignation. Je m'emportai, criai ; je crois même que j'ai un peu injurié ce traitant ; mais, à la fin, mes nerfs se détendirent, et je me résignai.

Le traité fut signé le soir même.

En sortant, je vis Duponchel.

« Eh bien ! me dit-il, *vous devez être content ?*

— Mais, comment donc ! enchanté ! Et vous êtes l'ami de mon brave et honnête père ! Je vous félicite de la façon dont vous pratiquez l'amitié. »

Encore une fois je retournai là où j'étais un

peu aimé, un peu apprécié, sinon heureux ; dans ma modeste province.

O mes chers publics du Havre, de Rouen, de Bordeaux! vous avez bien souvent, de vos mains bruyamment agitées, pansé mes blessures, qui saignaient abondamment. Ne regrettez pas ces fêtes chères à mon souvenir : vous m'avez conservé quelques lambeaux d'espérance. Du plus profond de mon cœur, je vous remercie.

On croira peut-être qu'après tant de traverses, mes pièces furent jouées. Erreur. Les *Avocats* avaient été mis à l'étude. Quinze ou vingt jours, ils furent répétés; on arriva à la répétition générale. La pièce était fort bien montée : Parade, Paul Clèves, et la charmante Francine Cellier. Quelques jours avant l'époque fixée pour la représentation, M. de Beaufort prenait la direction du Vaudeville. Duponchel, Dormeuil et Benou — qui comptent près de deux siècles à eux trois, comme me disait spirituellement Montigny, — abandonnaient la place, poursuivis par les plaintes de tous les auteurs et de tous les comédiens qui avaient eu affaire à eux.

J'allai voir M. de Beaufort, et lui expliquai ma pénible situation. C'est à peine s'il voulut m'entendre, debout dans un couloir, devant ses régisseurs et ses garçons. Mal instruit de l'affaire, il sembla vouloir rejeter sur moi la malpropreté de la transaction.

« Je ne veux pas, me dit-il, tremper dans de semblables tripotages. D'ailleurs, il n'existe pas de traité qui m'oblige à jouer vos pièces. »

En effet, je n'avais pas même un *reçu* des ouvrages. Mon titre se bornait au double d'un papier timbré, échangé avec un chef de claque.

Plusieurs années ont passé là-dessus. Aujourd'hui, je joue obscurément la comédie dans une ville au bout de la France, loin de Paris, où mes amis se sont fait une place au soleil. Je végète, on m'oublie, et j'ai juste assez de forces pour vivre et faire vivre les miens. — L'âge arrive, mes cheveux blanchissent, et l'avenir est plus sombre à mesure que je marche dans la vie.

Bordeaux, 15 avril 1867.

LES

AVOCATS DU MARIAGE

PERSONNAGES

—

PERRIN, membre de l'Institut, 50 ans.

FRANCE DE VERRIÈRES, enseigne de vaisseau, 25 ans.

Louise DUFRESNE, veuve, 25 ans.

CORINNE, femme de chambre.

A MON PÈRE

—

A toi ma première Œuvre, mon Père. Si modeste qu'elle soit, elle marque mon premier pas dans une carrière difficile; aussi, ai-je écrit en m'inspirant des bons et loyaux sentiments dont ton cœur est si riche et que je voudrais posséder au même degré que toi.

Ton fils,
GEORGE

Bruxelles, 28 mars 1853.

LES
AVOCATS DU MARIAGE

Un boudoir chez Mme Dufresne

—

SCÈNE PREMIÈRE

—

CORINNE, *rangeant;* PERRIN, *au fond.*

PERRIN, *entrant.*

Tu es seule, Corinne?

CORINNE

Tiens!... c'est M. Perrin!..... Bonjour, monsieur Perrin!... Madame allait envoyer chez
vous.

3

PERRIN

Quoi faire ?

CORINNE

Vous chercher pour avoir des nouvelles de
ce procès qui la tourmente tant et qui devait
se juger aujourd'hui.

PERRIN

En effet.

CORINNE

Madame a-t-elle gagné ?

PERRIN, *à part.*

Gagné !... *(Haut.)* Je causerai tout à l'heure
avec elle.

CORINNE

Dites donc, monsieur Perrin ?... n'êtes-vous
pas de mon avis ? Je crois que Madame s'en-
nuie d'être veuve.

PERRIN, *souriant.*

Qui te fait supposer cela ?

CORINNE

Dam ! C'est bien malin à deviner... Madame

est toujours triste, de mauvaise humeur....., excepté quand vous êtes là.....

PERRIN

Et la conclusion?

CORINNE

Est que Madame vous aime, et que si vous vouliez bien la prier un peu...

PERRIN

Voilà des raisonnements!... Ma pauvre Corinne, tu t'abuses... ta maîtresse a pour moi de l'affection, je le sais, mais cette affection a un tout autre motif. Tu as connu M. Dufresne?

CORINNE

Le mari de Madame? Comment ne l'aurais-je pas connu : ma mère a été la nourrice de Madame, et jamais nous ne nous sommes quittées.

PERRIN

Tu sais alors parfaitement que M. Dufresne n'a pas rendu sa femme fort heureuse...

CORINNE

Je crois bien ! il lui a mangé toute sa fortune!

PERRIN

A sa mort, il a laissé à sa veuve des affaires
fort embrouillées.

CORINNE

Et c'est vous, le meilleur ami de Madame,
aujourd'hui sans famille, qui avez pris soin
de... les débrouiller.

PERRIN, *à part.*

Si encore j'avais réussi! *(Haut.)* Eh bien!
mon enfant, ta maîtresse est tout bonnement
reconnaissante. Voilà la cause de l'amitié qui
nous unit.

CORINNE

Très bien !.... Voilà qui explique l'attache-
ment de Madame à l'ami, mais non pas sa
tristesse, ses ennuis de tous les jours et les
larmes que je lui vois verser bien souvent.

PERRIN

Ces chagrins, tu les comprendras, ma bonne

Corinne, lorsque tu auras été, comme ta maîtresse, mariée sans amour et veuve sans régrets. (On sonne.)

CORINNE

Madame m'appelle pour achever sa toilette, sans doute... Je dirai que vous êtes là... N'allez pas au moins lui répéter mon bavardage !

PERRIN

Sois tranquille !

(Corinne sort.)

—

SCÈNE II

—

PERRIN, seul.

Pauvre chère Louise ! Comment ne serait-elle pas malheureuse ! Voir à vingt-deux ans sa fortune dissipée, son avenir brisé ! et cela par la faute d'un mauvais sujet. Faites donc des mariages d'argent ! Et ce procès !... C'était sa dernière ressource... elle est perdue !... Je ne sais comment la préparer à cette affreuse nouvelle!... Il faut m'armer de courage, et risquer une demande. Si elle m'aimait assez pour m'accorder sa main, elle serait pour toujours à l'abri du besoin... et moi, je serais si heureux!... Pourquoi non? Ce que m'a dit cette petite Corinne..... Allons, mons Perrin! pas de fatuité; ce n'est pas avec cet esprit romanesque, cette tête de feu, que Louise peut songer à un pauvre savant tout hérissé de grec et de latin.

SCÈNE III

PERRIN, LOUISE, DUFRESNE

LOUISE

Ah! c'est vous enfin, mon bon Perrin!..... Vous arrivez comme la bonne fée, au moment où l'on a besoin de vous.

PERRIN, *l'embrassant au front.*

La comparaison est flatteuse, ma chère enfant, mais je ne l'accepte pas..... Une fée se garderait bien d'emprunter une enveloppe aussi maussade.

LOUISE

Et pourquoi maussade ?

PERRIN

Parbleu ! je la défierais bien, malgré toute sa féerie, de se trouver à l'aise dans l'habit d'un membre de l'Institut.

LOUISE, *sur le canapé.*

Allons !... vous vous faites votre procès à vous-même ; c'est encore un progrès.

PERRIN

Que voulez-vous ! je suis en veine de changements depuis que vous avez entrepris de me former..... ou, pour mieux dire, de me transformer.

LOUISE

Et vous êtes rempli de bonne volonté à cet égard, je dois l'avouer. Depuis le voyage que nous avons fait ensemble, du vivant de mon cher mari..... vous n'êtes plus reconnaissable !

PERRIN, *gracieusement.*

Les leçons d'une jolie femme sont si douces à suivre !

LOUISE

De la galanterie !... Vous me surprenez, en vérité !... Elle n'entrait pas dans notre programme... Voyons, pourquoi n'avez-vous pas paru durant ces derniers huit jours ?

PERRIN

J'étais en voyage.

LOUISE

Où cela ?

PERRIN

Je suis allé à Nîmes faire l'estimation de quelques antiquités romaines que le gouvernement veut acheter.

LOUISE

Et mon procès, Perrin, en avez-vous des nouvelles ? Je suis d'une inquiétude !... Je n'ai vu personne aujourd'hui !

PERRIN, *hésitant.*

La cause est remise à demain.

LOUISE

Quel ennui!... Croyez-vous toujours que je gagnerai?

PERRIN, *de même.*

Je l'espère, du moins!

LOUISE

A demain, soit!... Avez-vous fait un bon voyage?

PERRIN

Peuh! J'ai rapporté, je crois, un rhume, entre autres curiosités!

LOUISE

Oh!... ce pauvre ami!... qui s'enrhume par amour pour la science.

PERRIN

Non pas!... par amour pour vous, s'il vous plaît.

LOUISE, *étonnée.*

Bah! expliquez-moi donc ça?

PERRIN

C'est bien simple! Comment gagne-t-on un rhume de cerveau?

LOUISE

Mais, mon ami, lorsqu'on prend froid à la tête!

PERRIN

Eh bien! j'ai pris froid à la tête.

LOUISE

Qui vous en priait?

PERRIN

Vous-même.

LOUISE

Bah!

PERRIN

Ne m'avez-vous pas dit cent fois que vous ne pouviez souffrir les bonnets...

LOUISE

De coton.

PERRIN

Vous y êtes.

LOUISE, *éclatant de rire, se levant.*

Décidément, la mémoire est bonne! Vous vous êtes souvenu du voyage en question.....

Dieu! mon pauvre ami! que vous étiez laid!
Il me semble encore vous voir, blotti dans un
coin de la chaise de poste..... Vous étiez mal
peigné, mal rasé, vous preniez du tabac, et
vous aviez sur la tête le fameux bonnet de.....

PERRIN

C'est vrai!... Mais alors je ne m'enrhumais
pas en voyage.

LOUISE

Eh bien! que je vous y prenne à regretter
vos vilaines habitudes!

PERRIN

Là! là! ne vous fâchez pas! Je vous remercie du rhume que vous m'avez procuré.........
Êtes-vous contente?

LOUISE

N'exagérons rien, mon ami. Ne vous trou-
vez-vous pas beaucoup mieux depuis que vous
suivez mes conseils?... Avant de me connaître,
vous pensiez qu'il était permis à un homme,
trop occupé de choses sérieuses pour s'arrêter
à des futilités, d'aller mal vêtu, mal soigné...

maintenant, pour me plaire, vous vous habil-
lez, vous cherchez à paraître jeune, vous vous
étudiez à être galant; autrefois, vous étiez un
sauvage savant... aujourd'hui, vous êtes tout
aussi savant et beaucoup moins sauvage... ce
qui ne gâte rien.

PERRIN

Vous voulez dire qu'avant de vous connaître, je n'avais d'autre soin que celui de mes
travaux, d'autre passion que celle de mes bons
vieux livres. A force de les remuer, ils avaient
déposé sur toute ma personne une partie de la
poussière qui les couvre; ma toilette était ran-
gée comme les rayons de ma bibliothèque.....
moi seul pouvais m'y reconnaître... Quant aux
femmes, j'en avais bien, par hasard, coudoyé
quelques-unes; mais comme le malheur m'a-
vait fait rencontrer chez celles-là un esprit
très superficiel, un bon sens assez contestable,
je me crus autorisé à conclure du particulier
au général, et je n'hésitai pas à affirmer, dans
ma naïveté ou peut-être même dans mon or-

gueil, que toutes devaient se ressembler, que pas une ne méritait de dérober quelques instants à mes occupations favorites. C'est à vous, ma chère Louise, qu'il appartenait de me faire revenir sur ces idées erronées à plus d'un titre. J'ai admiré en vous la femme spirituelle, intelligente, dévouée, capable de donner à l'occasion un excellent conseil, et, ma foi! je me suis corrigé!

LOUISE

A la bonne heure! Voilà qui est parler! Oh! vous n'êtes pas le seul qui ayez eu cette opinion des femmes... M. Dufresne, mon mari, pensait comme vous; seulement, plus entêté, il n'a jamais voulu revenir de ses idées, lui!... jamais il n'a daigné m'instruire de ses moindres affaires... A quoi cela l'a-t-il conduit? A se ruiner, et à me ruiner avec lui. Je soutiens, moi, qu'il y a bien peu de femmes qui n'aient un bon conseil à donner dans une affaire... et qu'elles en saisissent les conséquences et la portée mieux que les hommes, souvent!

PERRIN

En vérité, vous êtes d'une sagesse à confon-
dre un philosophe! J'ai envie de vous envoyer
quelques-uns de mes collègues de l'Institut...
J'en sais qui, plus que moi, auraient besoin de
vos leçons.

LOUISE

Merci! Je ne me sens pas de force à conver-
tir certains de ces messieurs.

PERRIN

Laissez donc!..... Vous feriez apprendre la
danse aux quarante immortels si vous vous le
mettiez en tête. Il suffirait pour cela de pro-
mettre une contredanse à chacun d'eux.

LOUISE

Ah! grands dieux! quarante quadrilles aca-
démiques! mais le remède tuerait le médecin!

PERRIN, *riant.*

Ça, c'est bien possible, par exemple!

LOUISE, *le regardant de la tête aux pieds.*

Pourquoi donc cette tenue cérémonieuse,
mon cher Perrin?

PERRIN

Mais... pour vous.

LOUISE

Il ne fallait pas vous mettre ainsi en frais.

PERRIN

Si, vraiment !..... Tenez, pour faire honneur à votre salon, je suis capable de mettre des gants blancs !

LOUISE, *étonnée.*

Vous avez des gants blancs... vous !

PERRIN, *piqué.*

Sans doute... j'ai des gants blancs... moi !

LOUISE

Mais vous ne les mettez pas ?

PERRIN

Si fait ! les voilà... *(Il les tire de sa poche.)*

LOUISE

C'est vrai... Vous les avez mis, ils sont déjà sales.

PERRIN, *naïvement.*

Oh ! il y a si longtemps qu'ils traînent dans mes poches !

LOUISE, *riant.*

Ah! vous voyez bien!

PERRIN

Mais, écoutez donc!... On ne met des gants blancs que pour danser ou pour se marier..... Or, je ne danse pas, vous le savez, et je n'ai pas encore rencontré de femme qui voulût à mon bras entrer... à l'Institut.

LOUISE, *souriant.*

Peut-être avez-vous mal cherché?

PERRIN, *à part.*

Tiens, tiens! voici le moment de savoir si Corinne a dit vrai!... *(Haut.)* Ma chère Louise, je veux vous faire une petite..... confidence, à propos..... de gants!

LOUISE, *s'asseyant et lui faisant une place auprès d'elle.*

Vraiment! dites vite : je crains qu'on ne vienne bientôt nous interrompre.

PERRIN, *inquiet.*

Vous attendez du monde?

LOUISE

France de Verrières, mon cousin, doit passer la soirée avec nous.

PERRIN, *s'éloignant de Louise.*

Oh! alors, si je dois me presser, je préfère attendre.

LOUISE

Et pourquoi?

PERRIN

Parce que ma confidence est assez embarrassante... si embarrassante, même, que j'y travaille depuis un mois bientôt, et je n'ai pu sortir encore de la préface.

LOUISE, *se levant après un temps... résolûment.*

Mon cher Perrin, je sais d'avance ce que vous allez me dire, et veux vous aider à sortir de peine. Le plus souvent, les hommes ont besoin du secours que leur prête le tact particulier que nous possédons, nous autres femmes, lorsqu'il s'agit de confidences... embarrassantes. Ne vous étonnez donc pas si je comprends

4

trop vite : c'est que je ne dois pas accepter une situation qui amènerait infailliblement la gêne entre nous ! Vous m'aimez, Perrin !... et vingt fois, déjà, vous avez voulu me demander ma main.

PERRIN, *très troublé.*

Pardon, Madame ! mais...

LOUISE, *d'un ton doux et triste.*

Oh ! vous n'allez pas nier, j'espère ?... Vous le tenteriez vainement. Tenez, vous me dites déjà « Madame, » au lieu de « Ma chère Louise, » ou « ma chère enfant... » Or, écoutez-moi bien : Une femme, de cœur s'entend, et je suis de celles-là..... vous le savez, n'accepte jamais comme un badinage un sentiment honnête et sérieux ; elle s'en préoccupe, au contraire, jusqu'au jour où elle doit loyalement exprimer la pensée de son cœur. Voici ma réponse à la demande que vous m'avez adressée..... des yeux : Je vous aime, Perrin, mais d'une inaltérable amitié que rien n'égalera, pas même l'amour. Conservons donc, entre nous, ce doux sans-façon, cet excellent bien-être, dont nous tirons un si joyeux parti l'un et l'autre ; je vous aime comme un père ; vous devez m'aimer comme votre fille. N'allez pas croire, au moins, que mon cœur appartienne à quelqu'un : vous tomberiez dans une erreur profonde. Si vous êtes surpris de me voir accepter un veuvage éternel, jeune comme je suis, je vous dirai ces simples paroles : Vous avez connu mon mari !... Je n'ai qu'à évoquer les souvenirs du passé pour me garantir contre les séductions de l'avenir. Maintenant, embrassez-moi bien paternellement, appelez-moi plus que jamais votre chère enfant, et... parlons d'autre chose.

PERRIN, *se frappant le front avec un désespoir comique.*

Quel vieux fat ridicule je suis !

LOUISE, *souriant.*

Allons ! pas de désespoir inutile... c'est l'affaire d'une huitaine de jours.

PERRIN, *triste.*

Vous croyez?... Alors je vous répondrai la
semaine prochaine. *(A part.)* Je crois décidément que j'aurais mieux fait de ne pas négli-
ger mes bons vieux livres!...

CORINNE, *annonçant.*

Monsieur France de Verrières.

LOUISE

Tenez! voici qui va changer le cours de vos
idées.

—

SCÈNE IV

—

PERRIN, LOUISE, FRANCE, *entrant.*

LOUISE

Bonsoir, France!

FRANCE

Bonsoir, belle cousine!... Je ne vous demande pas si vous allez bien. Cela se voit à la
fraîcheur de votre visage.

PERRIN, *à part.*

Bon ! il n'est pas encore entré, que nous na-
geons dans les madrigaux.

FRANCE

Tiens !... Monsieur Perrin !... Comment se
porte l'Institut ?

PERRIN

Beaucoup mieux que moi, Dieu merci !

FRANCE

Seriez-vous malade ?

PERRIN

Au physique, non... sauf un rhume que j'ai
attrapé... pour avoir oublié mon...

LOUISE, *l'interrompant.*

Hum !

PERRIN

Hum !

FRANCE

Mais, enfin, vous souffrez ?

PERRIN

Oui... c'est surtout le moral qui est affecté.

FRANCE

Bah! et la cause?

PERRIN

Demandez à Louise, c'est elle.....

LOUISE, *bas à Perrin.*

Eh bien! pas un mot, je vous prie.

PERRIN, *de même.*

Vous avez raison, je serai discret... comme un écrivain public.

FRANCE

Je vous ai demandé la cause de...

PERRIN

Rien!... vous saurez cela plus tard.

FRANCE

J'ai l'air de marcher sur un mystère, moi!

PERRIN, *changeant la conversation.*

Je croyais, mon jeune ami, que vous deviez bientôt reprendre la mer.

FRANCE

Vous demandez cela comme si vous souhaitiez mon départ.

PERRIN

Moi! Dieu m'en garde!... Je voudrais que vous fussiez toujours près de nous!... *(A part.)* Je ne sais pourquoi, j'aimerais assez le savoir au Japon!

FRANCE

Dès que la frégate *l'Asmodée* aura complété son armement, je pars pour un grand voyage de découvertes... si toutefois je pars..... J'ai envie de donner ma démission...

PERRIN, *à part.*

Que le diable t'emporte! *(Haut.)* Comment, jeune homme! briser un avenir qui s'offre si brillant devant vous..... et pourquoi?

FRANCE, *regardant Louise.*

Cela dépend d'une démarche dont j'espère connaître bientôt le résultat.

PERRIN

Laquelle?

FRANCE

Rien!... vous saurez cela plus tard.

PERRIN

Ah ! c'est à mon tour.

LOUISE, *à part.*

Que signifie tout cela ?

FRANCE

Mais vous, monsieur Perrin, vous devriez prendre passage à bord de l'*Asmodée.*

PERRIN

Hein ?

FRANCE

Une expédition scientifique doit être particulièrement de votre goût.

PERRIN, *à part.*

Il veut m'envoyer en Chine ! oh ! oh ! *(Haut.)* Non, merci ! j'aime mieux découvrir tranquillement et commodément, assis dans mon fauteuil, et les pieds sur les chenets. D'ailleurs, s'il faut vous l'avouer, j'ai des préventions contre le mal de mer.

FRANCE

Vous avez tort, c'est comme le mal d'amour, on en guérit vite.

PERRIN

Vous dites?... *(A part.)* A quel diable de jeu jouons-nous ?

—

SCÈNE V

—

LES PRÉCÉDENTS; CORINNE, *apportant une jardinière.*

CORINNE

On apporte ceci pour Madame.

LOUISE

Oh! les jolies fleurs !... Et de quelle part ?

CORINNE

Voici une carte. *(Elle sort.)*

LOUISE, *lisant.*

France de Verrières.

FRANCE

N'est-ce pas aujourd'hui votre fête, ma cousine?... Permettez-moi de vous la souhaiter...

PERRIN, *ironiquement.*

Bonne et heureuse !... C'est touchant.

LOUISE

C'est aimable d'avoir pensé à moi... Vous m'avez oubliée, Perrin.

PERRIN

Moi ! Pas le moins du monde !... Il est impossible que ce soit aujourd'hui le vingt-cinq août, la Saint-Louis.

FRANCE

A moins que mon calendrier n'avance.

PERRIN

Je ne sais plus comment je vis !... Si mes collègues savaient cela, je serais déshonoré aux yeux de ma section...

FRANCE, *souriant.*

Nous le dirons !... si vous ne réparez à l'instant cet oubli impardonnable ! *(A part.)* Comme cela, je pourrai parler sans témoins.

PERRIN

Dans dix minutes, je reviens... Je veux avoir aussi le droit de vous la souhaiter...

FRANCE

Bonne et heureuse!...

PERRIN

Oui, Monsieur, bonne et heureuse!... Cette formule est surannée, bête même, si vous voulez; mais ni vous, ni moi, ni personne, n'avons encore rien trouvé de mieux pour la remplacer. Je reviens, je reviens!... *(A part)* et vite, même... Ah! tu donnes des fleurs, toi!... Moi, je pense au solide! *(Haut.)* Ne vous impatientez pas. *(Il sort.)*

FRANCE

Ne vous gênez pas, nous avons le temps.

LOUISE, *à part.*

Niera-t-on que la jalousie ouvre les yeux aux moins clairvoyants?

PERRIN, *revenant.*

Monsieur France, venez donc avez moi, vous m'aiderez dans mon choix.

FRANCE, *riant.*

C'est inutile, je suis de très mauvais conseil.

PERRIN, *à part.*

Je comprends. Allons! on ne peut pas fuir sa destinée.

———

SCÈNE VI

—

FRANCE, LOUISE

(Après le départ de Perrin, Louise va tranquillement se mettre au piano.)

FRANCE, *à part, observant Louise.*

Voilà qui est singulier! un pareil calme!... Oh! c'est impossible! Il faut que Perrin n'ait encore rien dit du procès... Aurait-il la même idée que moi?...

LOUISE, *jouant.*

A quoi songez-vous donc, France?

FRANCE

Mais... à M. Perrin, qui semble tout dépité de me laisser un instant seul avec vous.

LOUISE

Ah !... que pensez-vous de ce dépit ?

FRANCE

Ce que tout autre penserait à ma place...
que M. Perrin est amoureux de vous.

LOUISE, *cessant de jouer*.

Vraiment! vous êtes d'une perspicacité rare.
En effet, Perrin me demandait ma main au
moment où vous êtes entré.

FRANCE

Ah!... et...?

LOUISE

Et je la lui refusais.

FRANCE

Vous refusiez ?... Pourquoi ?... M. Perrin
vous déplaît-il? ne l'aimez-vous pas?

LOUISE

Il me plaît, comme le plus dévoué des amis;
je l'aime, comme le meilleur et le plus honnête des hommes.

FRANCE, *à part.*

A la bonne heure! *(Haut.)* Si vous le refu-siez, ce n'était donc pas par système?

LOUISE

Je ne comprends pas.

FRANCE

Ce n'était pas chez vous un parti pris de rester veuve?

LOUISE

Pourquoi me demandez-vous cela?

FRANCE

Ma belle cousine, je veux aller droit au but. Vous avez trop d'esprit pour ne pas me par-donner de faire bon marché du... marivaudage obligé en pareil cas. Vous avez refusé votre main à M. Perrin, je le comprends : M. Per-rin pourrait être votre père. Moi, j'ai vingt-cinq ans!... Sans avoir les bonnes et solides qualités que je me plais à reconnaître chez notre ami, je crois être tout bonnement un honnête garçon, capable de rendre heureuse une femme qui voudrait bien m'aimer un peu, tandis que je l'aimerais beaucoup. Ma fortune me permet de vous faire la vie joyeuse et brillante ; répondez donc franchement à mes offres, et dites si je puis espérer être mieux accueilli que ce pauvre M. Perrin.

LOUISE

Excusez-moi, France, si vous me voyez interdite ; je n'étais pas préparée à recevoir ainsi, et à bout portant, deux déclarations en une demi-heure.

FRANCE

La mienne ne doit rien avoir qui vous étonne, je suis d'âge à me marier, vous êtes libre, et vous conviendrez, sous peine d'être injuste envers vous-même, que je pouvais difficilement mieux choisir.

LOUISE

Vous êtes trop gracieux, en vérité. Ainsi donc, vous m'aimez ?...

FRANCE

Du fond du cœur.

LOUISE

Et depuis quand ?

FRANCE

Qu'importe le temps ? Un amour a-t-il besoin de... chevrons pour être favorablement accueilli ?

LOUISE

Non, sans doute... mais un peu d'âge ne nuirait pas à prouver sa grande sincérité.

FRANCE

M. Perrin serait-il mieux que moi parvenu à vous convaincre de la grande sincérité de sa passion ?

LOUISE

Vous êtes piquant, mon cher France. Certes, oui... je suis persuadée que Perrin m'aime. Bien avant qu'il m'en eût ouvert la bouche, j'avais deviné ses espérances et son désir; car le cher ami n'est pas, comme vous, décidé et résolu. Il est, au contraire, embarrassé et timide à l'excès.

FRANCE

Ma franchise vous aurait-elle blessée, Madame?

LOUISE

Non; nous sommes parents, nous avons été élevés ensemble, vous êtes marin : sur trois raisons, une seule justifiait le sans-façon de votre demande.

FRANCE

Pensez-vous qu'il me suffise de savoir que vous n'êtes pas irritée de cette demande?

LOUISE

Tout le monde veut donc mon mariage aujourd'hui?

FRANCE

Tout le monde a raison.

LOUISE

Vous trouvez?

FRANCE

Sans doute. Une femme de votre âge et de votre figure a besoin d'un appui, du bras d'un homme courageux et loyal qui la défende dáns

5

l'occasion, et ce bras ne peut être que celui
d'un mari !

Vous pensez que j'ai besoin d'être défendue?

Eh! mon Dieu! comme toute autre!

Moi, je ne le crois pas. Dans notre monde,
on manque à une femme quand elle le veut
bien. Je n'ai que faire de votre héroïsme.
D'ailleurs, je m'insurge contre cette exclusion
que professent les hommes. Croyez-vous, Messieurs, que le courage appartienne à vous
seuls?... Croyez-vous en avoir le monopole?...
Ah! parce qu'une femme s'évanouit à la vue
d'une blessure qui saigne ou au bruit d'une
fusillade, la voilà à tout jamais réputée pol-
tronne!... Mais ceci est une question de nerfs,
de tempérament... Vous employez mal le mot
courage, et je veux rétablir sa véritable ac-
ception. N'y a-t-il pas du courage à supporter
les fatigues, les chagrins qui sont notre par-

tage, à nous autres femmes? Ne faut-il pas du courage pour combattre les mauvais instincts que la nature met souvent au cœur de nos enfants?... Ne faut-il pas surtout un grand et vrai courage pour nous conserver honnêtes et pures au milieu des piéges, des périls dont nous sommes journellement entourées?... Votre bravoure à vous, Messieurs, est grande, sans doute, pour combattre les éléments ou les hommes ; mais est-elle souvent autre chose que la force de l'habitude ou la fièvre du moment?... Notre courage, à nous, est de tous les jours et de tous les instants.

FRANCE

Mais la nature a ses lois que vous ne pouvez méconnaître, et votre cœur est trop jeune, trop bon surtout, pour rester fermé aux tendres sentiments.

LOUISE

Je me méfie de mon cœur, et c'est pour cela que j'appelle la raison à mon aide.

FRANCE

Prenez garde, ma cousine!... A vous entendre, notre mariage serait une folie, dont vous auriez à vous repentir plus tard.

LOUISE

Loin de moi cette pensée, France; mais je suis guérie du mariage, vous le savez.

FRANCE

Voyons, ma cousine, laissez-moi espérer !...

LOUISE

Espérer quoi?

FRANCE

Que vous changerez d'avis.

LOUISE

Ce n'est pas probable.

FRANCE

Si... donnez-moi cette espérance. (*Il lui prend la main un peu malgré elle, et l'embrasse.*)

LOUISE

A quoi bon?

SCÈNE VII

—

LES PRÉCÉDENTS, PERRIN.

PERRIN, *les apercevant.*

Oh !...

FRANCE, *à part.*

Aïe !... M. Perrin !

LOUISE, *étourdiment.*

Déjà !

PERRIN

Oui... déjà ! Voilà un déjà de vilain augure !

FRANCE, *un peu embarrassé.*

Eh bien !... et ce cadeau ?...

LOUISE, *de même.*

Avez-vous eu bon goût ?...

PERRIN

Si j'ai eu bon goût ?... *(A part.)* Je ne sais vraiment plus...

LOUISE

Qu'avez-vous donc ?

PERRIN

Rien... *(A part.)* Donner cela pour elle, oui. *(Il montre un petit portefeuille.)* Mais pour que... allons donc !... Je laisserais une bonne action à moitié chemin... ce serait indigne de moi... ce serait indigne d'elle. *(Haut.)* Ma chère enfant, je vous ménageais une surprise : puisse-t-elle vous être agréable, et je serai trop payé ! *(Il lui remet le portefeuille.)*

LOUISE

Qu'est-ce que cela ?

FRANCE

Voyons !

PERRIN, *à part.*

Diable !... et l'autre qui n'est pas prévenu. *(Bas, à Louise.)* Ma bonne Louise ! avant de regarder ce que renferme ce portefeuille, promettez-moi de ne rien dire à votre cousin !...

LOUISE

Et pourquoi ?

PERRIN

Je ne puis m'expliquer maintenant; mais je

vous demande en grâce de me faire cette pro-
messe.

LOUISE

De grand cœur, mon ami!... Pardon, France,
je suis à vous.

PERRIN

Vous permettez, Monsieur?...

FRANCE, *s'éloignant.*

Parfaitement.

LOUISE, *regardant.*

Un bon au porteur de deux cent mille
francs!... Que signifie...?

PERRIN

Cela signifie que votre procès avec les créan-
ciers de votre mari est gagné; et ces deux
cent mille francs représentent votre dot, que
notre homme d'affaire a pu sauver du désastre.

LOUISE

O mon excellent ami! mon cher Perrin!
comment vous remercier de votre riche cadeau? car c'est à vous, à vos peines, à votre
tendre sollicitude, que je dois tout cela.

PERRIN, *hésitant.*

Non... c'est à un jugement du Tribunal de commerce.

FRANCE, *à part.*

Voilà un présent offert bien confidentielle-ment... *(Haut.)* Peut-on voir le cadeau de M. Perrin.

LOUISE

Non, pas encore. Vous êtes curieux, France! Vous ne verrez rien, ce sera votre punition.

PERRIN

Eh bien! je vais être plus curieux encore; je désirerais connaître le sujet de votre con-versation pendant mon absence; je n'en ai entendu que le dernier mot, et j'avoue qu'il a sonné à mon oreille d'une façon... assez...

FRANCE, *souriant.*

Ah! je serai moins mystérieux que vous, monsieur Perrin. Je demandais à Mme Du-fresne si elle voulait devenir Mme de Verrières.

PERRIN

Et Louise vous donnait sa main, à ce que j'ai pu voir?

LOUISE

Je crois que mon cousin s'est un peu pressé de la prendre.

PERRIN

En tout cas, vous aviez peu l'air de la refuser ; ce qui, à mon avis, constitue un manque de foi de votre part.

FRANCE

Comment cela?

PERRIN

J'ai fait tantôt, à Mme Dufresne, une offre semblable, et elle m'a refusé.

FRANCE

Cela prouve-t-il qu'on doive me refuser aussi?

PERRIN

Peste! mon jeune ami, vous êtes présomptueux! J'en appelle à la loyauté de Louise. Ne

m'avez-vous pas dit que votre intention était
de rester veuve? que les malheurs de votre
premier mariage vous guérissaient à jamais
de l'envie d'en risquer un second?

LOUISE

C'est vrai, j'ai dit cela... mais...

FRANCE, *vivement.*

Mais ma cousine peut avoir changé d'avis,
d'autant plus que les positions n'ont aucune
analogie. Un premier mariage... de raison...
ne vous a pas... réussi. Ce n'est donc pas un
mariage de raison qu'il faut faire. Voilà qui
répond à la demande de M. Perrin. M. Dufresne était vieux et n'aimait pas sa femme;
moi, je suis jeune, et je sens que j'adorerai la
mienne. M. Dufresne a voulu, en se mariant,
faire une spéculation; moi, je cherche le bonheur pour tous les deux.

PERRIN

Permettez, mon cher, permettez! Vous faites, sans marchander, le procès à tous les
hommes de mon âge. Parce que Louise a

épousé un homme... mûr... qui s'est trouvé
être un dissipateur, un débauché, un sacri-
pant, s'ensuit-il que tous les hommes...mûrs...
soient des sacripants comme M. Dufresne ?

LOUISE

De grâce, Perrin ! n'oubliez pas que je porte
encore ce nom.

FRANCE

Excellente raison pour en changer.

PERRIN

Oui, en changer !

FRANCE

Et pour prendre le mien.

PERRIN, *étourdiment*.

Et pour prendre le sien !

FRANCE, *riant*.

Vous voyez !

PERRIN

Oh ! nous verrons cela tout à l'heure... Pardonnez-moi cette sortie contre feu votre tendre époux... Je lui devais cette oraison funè-

bre... Maintenant, je veux oublier ses torts
envers vous : il les a rachetés par le seul
moyen qui fût en son pouvoir... en s'en allant
de... Mais revenons au mariage. M. France est
bien fier de sa jeunesse, et compte mes cheveux gris pour très peu de chose... Eh bien !
je n'accepte pas ce désagréable parallèle entre
moi et M. Dufresne... Je me crois parfaitement capable de faire le bonheur d'une jeune
femme... Si donc Louise revient sur sa résolu-
tion première, je me remets sur les rangs, et
nous allons être deux prétendants. Ah! mais!

FRANCE

Que répondez-vous à ce vigoureux... *speech,*
ma cousine ?

LOUISE

Je suis fort embarrassée, je l'avoue. J'aurais mauvaise grâce à refuser brutalement
Perrin, qui m'a donné tant de preuves de dé-
vouement... D'un autre côté, la recherche de
France doit me flatter comme celle d'un galant homme... Ma position est délicate... et,

prise ainsi à l'improviste, entre deux prétendants, je flotte!... je flotte!...

PERRIN, *à part.*

Elle flotte!... tout n'est pas perdu!

FRANCE, *à part.*

Elle flotte!... Je croyais ma partie gagnée!

LOUISE

Je ne vois qu'un moyen de sortir d'embarras!

TOUS LES DEUX

Et lequel?

LOUISE

C'est de rester veuve!... (*Perrin et France
font un mouvement.*) à moins que vous ne me
donniez l'un ou l'autre des raisons si limpides,
si concluantes...

PERRIN

Oh! nous n'en manquons pas!... c'est a
dire, moi, je n'en manquerai pas.

LOUISE

Il me vient une idée bizarre... fantaisiste...

le mot est de nos jours! Mais, avant tout, éta-
blissons bien nos positions respectives... Perrin m'aime depuis longtemps, je le sais; mais
quelle que soit l'affection dont je le paie, ce
sentiment n'est pas de l'amour.

PERRIN

Hélas !

LOUISE

France m'a dit aussi qu'il m'aimait, je veux
le croire... mais il ne peut encore espérer du
retour. Je suis donc parfaitement libre vis-à-
vis de tous deux... n'ayant contracté aucune
obligation de cœur ni envers vous, Messieurs,
ni envers moi-même. Que faudrait-il donc
pour me décider en faveur de l'un ou de l'autre? Un de ces arguments irrésistibles contre
lequel viendraient se briser toutes mes réso-
lutions passées... toutes mes préventions contre une seconde... édition du mariage. Aussi,
vous, Perrin, soyez l'avocat du mariage de
raison : vous êtes dans votre personnage, soit
dit sans vous blesser. Vous, France, soyez

l'avocat du mariage d'amour... Oh ! point de fatuité... l'âge seul, fait de vous l'homme de votre rôle. Et maintenant, plaidez, Messieurs : les débats sont ouverts, le Tribunal est devant vous... et bien que je sois juge et partie, contre l'usage, soyez assurés de ma plus franche impartialité.

PERRIN

Eh bien ! j'accepte la lutte, et je commence : la parole est à moi, comme doyen d'âge... Hum !... Je pose d'abord cet axiôme : La femme n'est heureuse qu'en ménage !

LOUISE, *riant.*

J'en suis un exemple !

FRANCE

Oui... vous tombez bien !

PERRIN, *un instant interdit.*

Peut-être, ma chère enfant... Votre mari vous a rendue malheureuse comme les pierres, n'est-ce pas ? Vous êtes donc une exception. Or, il n'y a point de règle sans exception, et c'est l'exception même qui confirme la règle... ce point est suffisamment éclairci.

LOUISE

Vous trouvez ?

PERRIN

Oui !... Vous ne pouvez rester veuve, ceci est démontré.

FRANCE

Je ne suis pas précisément convaincu par l'argumentation serrée de mon adversaire ; mais je dois l'accepter comme vraie.

PERRIN

Fort bien, jeune homme ! fort bien ! Maintenant, une femme qui veut, c'est à dire qui doit se marier, choisira-t-elle un mari jeune, ou bien un...

FRANCE

Vieux...

PERRIN

Ah ! permettez ! je ne suis pas un vieux !

FRANCE

Si fait!

PERRIN

Non pas!... je suis... mûr... voilà tout, et il est convenu que les fruits, à cet âge, sont les plus savoureux. Je disais donc : Une femme doit-elle choisir un mari jeune ou bien un... moins jeune... c'est à dire plus mûr?... La réponse n'est pas douteuse.

FRANCE

Voyons la réponse ?

PERRIN

Vous, ne m'interrompez pas!... J'ai besoin de toute mon attention.

FRANCE

Je le crois bien !

PERRIN

Ici, que le Tribunal veuille distinguer ce qui sera du domaine de la thèse générale ou ce qui deviendra cas particulier. Toute femme de bon sens préférera invariablement un

6

mari... mûr... En effet, quelle sécurité pour elle, pour son repos de tous les jours, avec un mari léger, sans expérience de la vie?...

FRANCE

Ah! mais... dites donc!

PERRIN

Thèse générale!... Avec un mari qui l'aimera les premiers jours, parce que, pour lui, elle sera du fruit nouveau; qui, bientôt, fier des grâces de ses vingt ans... (à vingt ans, les hommes croient tous avoir une foule de grâces), qui, bientôt, se laissera aimer, et qui, plus tard, supportera cet amour comme un fardeau qui lui pèse! Alors, on verra ce jeune mari, sacrifiant d'ailleurs aux passions de son âge, passer les nuits au club, au jeu... Il aimera les soupers, il fera des folies pour des lorettes ou des danseuses... *(Mouvement de France.)* Toujours thèse générale! Quel repos pourra goûter la pauvre femme, avec un homme bouillant, emporté, qui aura des querelles, des duels, et rentrera, un beau matin, avec un bras cassé, une côte enfoncée, ou même ne rentrera pas du tout; cas particulier, cette fois.

FRANCE

Comment cela ?

PERRIN

Oui, vous êtes militaire, marin... Tous les marins ont mauvaise tête.

FRANCE

Pas du tout !

PERRIN

Si ! si !

FRANCE

Mais non !

PERRIN

Si ! si !! si !!!

FRANCE, *s'échauffant.*

Ah ! mais je vous dis que non ! sacr....!

PERRIN, *très calme.*

Vous voyez bien que si !

LOUISE, *sonnant.*

Silence ! ou je rappelle à l'ordre.

FRANCE

C'est vrai!... pardon! je m'oubliais.

CORINNE, *entrant.*

Madame a sonné?

LOUISE, *riant aux éclats.*

Oh! charmant!... Non, Corinne; ce sont ces messieurs qui plaident.

FRANCE

Puisque vous voilà, Corinne, apportez donc un verre d'eau sucrée à M. Perrin.

PERRIN

Ça me fera plaisir... *(Corinne sort.)* Je disais tout à l'heure à Monsieur qu'il était marin; non seulement il est jeune, mais il est marin! *Horresco referens!* Il laissera donc sa femme seule, abandonnée, pour courir aux antipodes!

FRANCE

Mais je donnerai ma démission.

PERRIN

Ne la donnez pas, jeune homme... Vous n'en avez pas le droit... Vous ne vous appartenez pas : vous vous devez à votre pays, à votre gloire future, à votre frégate l'*Asmodée,* si fière de vous avoir pour officier... Vous vous devez aux Grandes-Indes, qui vous tendent les bras !...

LOUISE

Bravo! Perrin! vous êtes superbe d'enthousiasme !

PERRIN, *à part.*

Ma cause est gagnée! portons les derniers coups!... *(Haut.)* Maintenant que je crois avoir anéanti mon adversaire, passons au bien-être que, moi, je puis vous procurer, chère enfant ! Oubliez-vous que je suis votre protecteur-né? Depuis dix ans, je n'ai cessé de veiller sur vous de près ou de loin... et, si vous deveniez ma femme... *(Il lui prend les mains.)*

FRANCE

Ne prenez pas la main du Tribunal, vous allez l'influencer!

PERRIN

Vous avez déjà peur, vous!... Si vous deveniez ma femme, croyez-vous que mes soins, ma tendresse, vous feraient jamais défaut?... Vous êtes d'avance convaincue du contraire... Et si nous avions des enfants...

LOUISE

Eh bien! Perrin!...

FRANCE

Oh! *shoking! shoking!*

PERRIN

Ne faites pas attention!... d'ailleurs, ça ne vous regarde pas. Si nous avions des enfants, quel père, mieux que moi, sera capable de les rendre sages, instruits, utiles?... D'abord, si ce sont des garçons, je les ferai tous entrer à l'Institut!...

FRANCE, *gravement.*

Ça sera bien gai!... Si vous m'en croyez, monsieur Perrin, vous mettrez un traité de géométrie dans la corbeille de mariage. Ça sera encore bien gai!

PERRIN

Eh! monsieur le railleur, il serait à souhaiter que toutes les femmes apprissent la géométrie : on y puise le sentiment de la ligne droite, et cela écarterait une foule de zigs-zags... conjugaux !...

FRANCE, *riant.*

Avocat de la raison, vous déraisonnez !

PERRIN

Je n'ai pas fini !

FRANCE

Comment ! pas encore ?

LOUISE, *riant.*

Chacun son tour !... Reposez-vous, Perrin.
*(Perrin va se jeter sur un canapé et s'évente
avec son mouchoir, l'air satisfait.)*

FRANCE

Les traits d'une satire incomplète ne peu-vent blesser mortellement... Or, M. Perrin a défini un seul type de la jeunesse, il a oublié les meilleurs ; d'ailleurs, ma cause se plaide d'elle-même... et pour parler à M. Perrin le langage de l'Institut, je lui dirai : La jeunesse a des attraits qui ne supportent pas la discussion... l'amour d'un cœur de vingt ans est une vérité qui n'a pas besoin d'être démontrée. Les défauts mêmes que vous nous prêtez sont des charmes, à tout prendre !... Cette ardeur au plaisir, que vous croyez dangereuse, supposez-la pure, honnête, ce qui est possible !.... elle a pour résultat d'apporter la variété, la joie dans un ménage... Cette impatience, cette colère que vous incriminez, mais c'est l'enseigne d'une nature généreuse et brave !... Vous nous jetez la pierre, Messieurs de l'âge mûr, parce que nous n'avons pas, comme vous, la science et la sagesse... Prenez patience, donc !... la science et la sagesse viendront, en leur temps, succéder aux brillantes illusions, à la fraîcheur des sentiments qui, dans l'échelle du bonheur, ont le pas sur elles, croyez-le bien... Je me résume : J'ai vingt-cinq ans, et vous cinquante !

PERRIN

Eh ! parbleu ! je le sais bien que j'ai cinquante ans!... vous n'avez pas besoin de me le dire!... Si vous croyez qu'il y ait générosité de votre part à m'assassiner à coups d'extrait de naissance !

FRANCE

Ma cousine est jeune, belle; elle aime le monde, ses fêtes, ses plaisirs, et ne peut consentir à laisser écraser son cœur sous les in-folios de votre bibliothèque!... J'ai dit!

LOUISE

La cause est entendue!..... La Cour va en délibérer.

PERRIN, *bas, à France.*

Dites donc, vous! pour décider Louise à épouser l'un de nous, il me semble qu'il n'était pas bien nécessaire de me dire des choses désagréables.

FRANCE

Vous m'avez peut-être ménagé... vous !

PERRIN

Peuh !... c'est égal !... vous auriez pu...

FRANCE

Du tout... quand on plaide... on plaide!

PERRIN

Justement... on plaide et on ne s'égratigne pas.

FRANCE

Pour un membre de l'Institut, je vous trouve naïf!.. *(A Louise.)* L'arrêt?... Nous demandons l'arrêt de la Cour!

LOUISE

Eh bien! tout cela est fort beau, sans doute; mais je ne suis pas convaincue...

FRANCE

Je vais donc vous parler sérieusement... D'avance, pardonnez-moi ce que mes raisons pourraient avoir de cruel, et ne voyez que le sentiment profond et sincère qui me guide.

LOUISE

Vous m'effrayez, avec votre sombre préambule!

PERRIN, *à part.*

Que veut-il dire ?

FRANCE

Vous sentiriez-vous la force d'affronter seule,
livrée à vous-même, les tristes atteintes de la
gêne, de la misère, peut-être ?

LOUISE

Ah! grands dieux!... Pourquoi cette question ?

FRANCE

Je vous dois la vérité... j'aurai la force de
vous la dire, puisque aussi bien M. Perrin
vous l'a cachée...

LOUISE

Perrin m'a caché la vérité ?

PERRIN, *vivement.*

Oh! je vous devine, Monsieur!... Pas un
mot, au nom du ciel!

LOUISE

Si!... parlez, France... parlez : je le veux !
Un malheur plutôt que cette horrible incer-
titude !...

PERRIN

Malheureuse enfant !

LOUISE

Eh bien ?

FRANCE

Votre procès est perdu, ma cousine !... Vous êtes ruinée !...

LOUISE

Ruinée !... Oh ! vous vous trompez, France ! mon procès est gagné, au contraire !...

FRANCE

Voici une lettre de votre avoué qui ne vous laissera malheureusement aucun doute.

LOUISE

Mais, alors, quelle est donc cette somme de deux cent mille francs que Perrin m'a remise ?

FRANCE

M. Perrin vous a remis deux cent mille francs ?...

LOUISE

Oui !... c'est juste la somme pour laquelle je plaidais...

FRANCE

J'ignore d'où peut venir...

LOUISE

Ah! je comprends!... le mystère qu'il me recommandait... Perrin, c'est vous qui me donnez cet argent!

FRANCE

Lui!

LOUISE

Et vous avez pu croire que j'accepterais?

PERRIN

Je le crois encore... c'est une partie de mon bien que je me suis permis de vous offrir, c'est vrai!... Je croyais mon secret assuré jusqu'au moment où il ne vous serait plus possible de refuser... Un méchant hasard en a décidé autrement... mais peu importe... Acceptez, ma chère enfant!... Mon présent ne doit pas effleurer votre délicatesse... C'est un père qui vous le donne, et un père doit vouloir que sa fille... si plus tard... elle se marie, puisse apporter en dot le bien-être dans sa maison et le bonheur pour ses enfants. Maintenant, Louise, épousez France, si vous l'aimez... et vous, France, jurez-moi de la rendre heureuse !...

LOUISE

Noble cœur !... Ainsi donc, il se dépouillait pour moi... et cela, après le refus que j'avais fait de sa main... Oh ! j'ai été injuste et cruelle !... N'est-ce pas, France, que ce trait dénote une âme généreuse et grande ?...

FRANCE

Certes... oui, ma cousine !... Je me trouve bien humble et bien petit en face d'une action si belle !... Moi, je ne voulais que partager ma fortune avec vous. Oh ! M. Perrin vous aime plus et mieux que moi, je dois l'avouer. Battu par un si noble adversaire, ma défaite est presque glorieuse ! Aussi, je n'hésite pas à vous le dire : Épousez-le, Madame, il est digne de vous, vous êtes dignes l'un de l'autre, et je serai fier de mettre sa main dans la vôtre !

LOUISE

Que d'amour chez vous, Perrin ! que de générosité chez vous, France ! que de loyauté
chez tous les deux !... Eh bien ! Perrin, est-ce
que vous me refuseriez à présent ?... *(Elle va
s'agenouiller devant Perrin et lui prend les
mains.)*

PERRIN

Tant d'émotions en un seul jour !... ma pauvre tête est tout ébranlée !... Ce serait à moi,
ce trésor d'intelligence, de grâce et de vertu ?...
Oh ! ma Louise bien-aimée !... tu seras ma
femme et ma fille tout ensemble !... Vous ne
regretterez pas un peu la différence de nos
âges ?

LOUISE

Non, mon ami : on vieillit vite à l'école de
l'infortune !

PERRIN

Mais cette préférence que vous paraissez lui
accorder ?

LOUISE, *souriant, avec un peu de tristesse.*

C'était le dernier cri de ma jeunesse!...
(Perrin la relève et l'embrasse au front.)

PERRIN, *à part.*

Sa jeunesse!... *(Il les considère un instant
tous les deux en silence.)* Qu'est-ce que j'allais
faire là, bon Dieu!... *(Il passe entre eux deux.)*
Mes enfants! j'en appelle du jugement qui
nous condamne tous les trois !

FRANCE ET LOUISE

Comment!

PERRIN

Ne m'interrompez pas... J'en appelle du jugement qui nous condamne, vous, jeune
homme, à partir pour les grandes Indes;
vous, Louise, à épouser un vieillard ; et moi,
à n'être qu'un sot égoïste et ridicule!... *(Il
prend les mains de Louise.)* E... aînée par votre
excellent cœur, vous allez enchaîner votre
existence à celle d'un homme qui compte le
double de votre âge!... C'est un sacrifice que
je ne veux pas, que je ne dois pas accepter...

D'ailleurs, l'hiver et le printemps feraient probablement mauvais ménage... Aimez-vous,
jeunes gens!... et laissez-moi grelotter tout
seul dans mon coin.

LOUISE

Mais non, Perrin! non!

PERRIN, *tendant la main à France.*

Et vous, est-ce votre avis?

FRANCE, *lui serrant chaleureusement la main.*
Merci, monsieur Perrin!... Merci!...

PERRIN, *à Louise.*

Tenez, il est plus franc que vous, lui!...

LOUISE, *un peu honteuse.*

Vous êtes le plus généreux des hommes!

PERRIN

Parbleu!... le meilleur avocat du mariage,
mes enfants, c'est encore la jeunesse!...

_____

Bordeaux, typ. Aug. Laverujon, 17, rue de Grassi.